HÜTERIN DES WALDES

Mona Larch

Hüterin des Waldes

Spuren im Schnee

Illustriert und aus dem Englischen übersetzt
von Julia Walther

CARLSEN

1

Etwas atemlos kam Hanna daheim an. Sie war bepackt mit ihrer Schultasche, glitzernden Bastelarbeiten und Weihnachtskarten. »Bin zu Hause!«, rief sie ihren Eltern zu. In der Wärme des Flurs fingen ihre kalten Backen an zu kribbeln und es duftete köstlich nach Abendessen. Hanna zog gerade ihren Schal und die Winterstiefel aus, da kam ihre Mutter aus dem Wohnzimmer. In der Hand hielt sie eine verknotete Lichterkette.

»Ihr habt den Weihnachtsschmuck vom Dachboden geholt!«, freute sich Hanna.

Ihre Mutter lächelte. »Ich habe mir gedacht, wir könnten die Sachen zusammen durchsehen. Dann ist alles schon bereit, wenn wir morgen den Baum holen. Wie war dein letzter Schultag?«

»Toll!«, antwortete Hanna. »Wir haben Plätzchen mit Zuckerguss verziert und Bänder daran geknotet. Damit man sie an den Weihnachtsbaum hängen kann!« Hanna folgte ihrer Mum ins Wohnzimmer. Dort öffnete ihr Dad gerade eine von mehreren großen Schachteln auf dem Esstisch. Er holte ein geschnitztes Rentier heraus und hielt es hoch. Dabei lächelte er, aber in seinen Augen lag auch etwas Traurigkeit.

»Hach, da kommen Erinnerungen hoch«, sagte er.

Hanna wusste genau, was er meinte. Beim

Anblick des glänzenden Holzanhängers dachte sie an all die wunderbaren Weihnachtsfeste, die sie zusammen mit ihrer Großmama Hilda gefeiert hatten.

Hilda war Anfang des Jahres gestorben, aber auf gewisse Weise fühlte Hanna sich ihrer Großmutter jetzt noch näher als zuvor. Mit ihren Eltern war sie aus der Stadt in Hildas altes Haus gezogen, das tief im Wald nahe der Ortschaft Walder lag. Das war der Anfang eines unglaublichen Abenteuers gewesen. Hanna hatte nämlich bald etwas herausgefunden: Hilda hatte den Wald nicht nur geliebt – sie war auch seine geheime, magische Hüterin gewesen. Und jetzt war Hanna Hüterin des Waldes. Das alles war aber so geheim, dass nicht einmal ihre Eltern die Wahrheit erfahren durften.

Hanna griff in die offene Schachtel und zog einen weiteren Anhänger heraus – ein

Eichhörnchen. Außerdem gab es noch Füchse, Hasen und Vögel. Es waren wunderschöne, bunt bemalte Schnitzarbeiten. Hanna musste grinsen. Jetzt verstand sie genau, weshalb Großmama diese Art von Dekoration am liebsten gemocht hatte. Als Hüterin war es Hildas Aufgabe gewesen, sich um die Lebewesen des Waldes zu kümmern. Das hatte man auch an allem anderen gemerkt, was sie tat. Bei Hanna war es nun genauso. Und egal ob sie ein neues Zuhause für eine Igelfamilie suchte oder den gebrochenen Flügel eines Vogels heilte, sie liebte jeden Teil ihres magischen neuen Lebens.

Beim Gedanken an die Tiere fiel Hanna

wieder ein, dass sie vor Einbruch der Dunkelheit noch einiges erledigen musste.

»Ist es in Ordnung, wenn ich noch ein bisschen in den Wald gehe?«, fragte sie ihre Eltern.

»Natürlich.« Mit leicht gerunzelter Stirn versuchte ihre Mum die verknotete Lichterkette zu entwirren. »Aber bleib nicht zu lange, ja?«

Hanna lief rasch nach oben in ihre gemütliche Dachkammer. Dort war es kuschelig warm, aber im Nachmittagslicht schon ein bisschen dämmrig. Durch das Rautenfenster konnte sie die langen, lilablauen Schatten der Bäume auf dem verschneiten Boden sehen. *Ich muss mich beeilen!* Sie nahm ihre Tasche vom Haken an der Tür. Darin befand sich alles, was Hanna im Wald für ihre Sicherheit brauchte: eine Trillerpfeife, eine Taschenlampe und ein hölzerner Kompass mit dem wunderschönen eingebrannten Bild eines Wiesels. Hilda hatte nämlich einen magischen Helfer gehabt: ein sprechendes Wiesel namens Flitz. Jetzt war Flitz Hannas Freund und Helfer. Immer wenn sie mit einem Tier des Waldes sprechen wollte, übersetzte Flitz für sie.

In diesem Moment hörte Hanna ein vertrautes *Tocktock* an der Scheibe. Sie drehte sich um und wollte das Fenster aufreißen, um ihren Freund zu begrüßen. Doch das freche rotbraune Wiesel war gar nicht da! Nur ein kleiner Haufen frischer Schnee, der vom Dach heruntergefallen sein musste. Hanna wollte sich schon wieder wegdrehen, da bewegte sich der Schneehaufen und ein winziges, rosafarbenes Näschen drückte sich gegen ihr Fenster. Glänzende schwarze Knopfaugen sahen sie an.

Flitz! Hanna lächelte. Sie hatte ganz

vergessen, dass Wiesel im Winter ihre Farbe änderten. Sein brauner Pelz war jetzt ganz weiß, mit einem Hauch von Schwarz an der Schwanzspitze. Sobald Hanna das Fenster einen Spaltbreit geöffnet hatte, schoss Flitz herein.

»Na, was sagst du?« Flitz drehte sich einmal im Kreis. »Jetzt hast du nicht nur einen außerordentlich *schlauen* Begleiter, sondern dazu noch einen außerordentlich *hübschen*!«

»Du warst schon immer außerordentlich hübsch«, antwortete Hanna. Sie musste ein Kichern unterdrücken, während Flitz sich in Pose warf. »Aber jetzt siehst du sehr weihnachtlich aus. Ich hole schnell meine Jacke, dann treffen wir uns unten am Tor.«

»Beeil dich!«, drängte Flitz. »Ich kann es kaum erwarten, allen mein neues Fell zu zeigen.«

Hanna packte all die Dinge in ihre Tasche, die sie in den letzten Tagen für ihre Aufgabe als Hüterin gesammelt hatte. Nachdem sie sich warm angezogen hatte, ging sie nach unten, durch die Küche und hinaus in den Garten. Genau wie Flitz war das verwilderte Grundstück wie verwandelt unter der weichen, winterlichen Schneedecke. Jede Pflanze und jeder Busch waren von einer dicken weißen Schicht verborgen. Es dauerte einen Moment, bis Hanna Flitz' dunkle, funkelnde Augen entdeckte, als er durch den Schnee auf sie zugesprungen kam.

»Na, hopp!«, sagte sie und bot ihm ihren Arm an. Begeistert kletterte Flitz auf ihre Schulter und kuschelte sich in die Falten ihres Schals.

Hildas Garten grenzte direkt an den Wald

und war nur durch einen Holzzaun mit Tor davon getrennt. Hanna tauchte ins schattige Dämmerlicht unter den Bäumen ein und eine herrliche Stille umhüllte sie. Einen Moment lang stand sie einfach nur da und roch den Kiefernduft in der Luft. Dann stapfte sie los durch den Schnee. Links und rechts ragten Nadelbäume empor, deren Zweige sich unter dem Gewicht des Schnees bogen. Birken und Buchen streckten ihre frostigen Zweige aus. Sie glitzerten richtig vor dem rosa gefärbten Himmel der untergehenden Sonne. Ringsherum war Vogelgezwitscher zu hören, was Hanna an ihre erste Aufgabe erinnerte.

Sie holte eine Handvoll Körner und Nüsse, gemischt mit Rindertalg, aus einer Tüte. Ein bisschen davon verteilte sie auf einem verschneiten Baumstumpf. Eine weitere Portion legte sie in eine Astkrümmung. Schon im nächsten Augenblick landete dort mit sanftem Flügelschlag ein Rotkehlchen. Hanna hielt ganz still und wagte kaum zu atmen. Der Vogel streckte seine rote Brust heraus und trällerte ein kurzes Lied.

»Er bedankt sich ganz herzlich!«, übersetzte Flitz auf Hannas Schulter.

»Sehr gern geschehen«, antwortete Hanna. Einige Blaumeisen und Finken gesellten sich zum Rotkehlchen. Hanna sah ihnen eine Weile zu, wie sie glücklich am Futter herumpickten. Dann ging sie weiter und verteilte unterwegs noch mehr von ihrer Körnermischung.

Sobald ihre Futtertüte leer war, holte sie einen kleinen Beutel mit Stofffetzen aus Baumwolle heraus. Flitz sprang von ihrer Schulter und gemeinsam machten sie sich an die Arbeit. Sorgfältig legten sie Stoffreste auf Zweige, in Baumhöhlen oder unter knorrige Wurzeln.

Das Trippeln kleiner Pfötchen meldete Hanna die Ankunft des ersten neugierigen Tieres. Sie blickte auf und sah ein flauschiges rotes Eichhörnchen einen Baumstamm hinuntersausen. Es schnappte sich den Fetzen rot-grün karierten Stoff, den Hanna da gerade hingelegt hatte. Das Eichhörnchen legte den Kopf schief und betrachtete zufrieden die Beute. Mit einem leisen Schnalzgeräusch sah es Hanna an, bevor es schnell wieder in die Baumwipfel hinaufhuschte.

»Kastanie sagt, ihr Kobel wird jetzt ganz besonders gemütlich und dazu noch festlich dekoriert sein«, übersetzte Flitz für Hanna. »Ihr gefällt vor allem die Farbe. Und meinen neuen Mantel findet sie auch sehr schick«, fügte er hinzu und hopste vergnügt im Schnee herum.

Hanna grinste. »Es ist so schön, helfen zu können – da komme ich richtig in Weihnachtsstimmung!«

»Genau das hat Hilda auch immer gesagt«, antwortete Flitz. »Sie hat den Winter geliebt. Jedes Jahr am Weihnachtsmorgen hat sie ein Festmahl aus köstlichen Leckereien aufgetischt.«

»Was für eine prima Idee!« Hanna fielen sofort ganz viele Sachen ein, die dazugehören könnten. »Das sollten wir auf jeden Fall auch machen!«

Hanna wanderte ein Stück weiter, während sie die restlichen Stofffetzen aus ihrem Beutel verteilte. Schließlich verschwanden die letzten Sonnenstrahlen und der Himmel wurde dunkelblau. Die Luft war so kalt, dass sie in Hannas Nase brannte.

»Wir sollten jetzt lieber nach Hause gehen«, sagte sie zu Flitz. »Sonst komme ich zu spät zum Abendessen.« Auf dem Rückweg entdeckte Hanna, dass viele ihrer kleinen Geschenke bereits verschwunden waren. Im

Schnee waren winzige Spuren von weiteren Eichhörnchen, Vögeln und Mäusen zu sehen. Trotz der Kälte wurde ihr innerlich wohlig warm.

Nachdem sie sich von Flitz verabschiedet hatte, klopfte Hanna den Schnee von ihren Stiefeln und betrat durch die Hintertür die Küche. Bestimmt war das Abendessen schon fertig. Der Esstisch war tatsächlich gedeckt, aber von Hannas Eltern keine Spur. *Seltsam!*

»Mum?«, rief Hanna und ging durch den Flur. Zur Straße hin waren Stimmen zu hören. Die Haustür stand einen Spaltbreit offen, und als Hanna hinaustrat, sah sie ihre Eltern neben einem bekannten Auto stehen. Es gehörte den Browns, den Eltern von Hannas bestem Freund Felix.

Felix' Mutter Sabrina reichte Hannas Dad vom Vordersitz aus einen Karton. Auf der anderen Seite half Hannas Mutter jemandem

beim
Aussteigen.
Hanna
erkannte,
dass es sich
um Mr Brown
handelte – ihren
griesgrämigen
Nachbarn und
Felix' Großvater.
Mr Brown wirkte
schlechter gelaunt als
je zuvor. Seine Miene war grimmig, beim Auftreten verzog er das Gesicht. Hanna sah, dass er einen dicken, weißen Gips am Fuß hatte. Sie spürte eine Welle von Mitgefühl in sich aufsteigen. *Kein Wunder, dass er so schlechte Laune hat. Er ist verletzt!*

2

Hanna lief schnell zum Auto. »Kann ich irgendwie helfen?«, fragte sie.

»Hört endlich auf, so ein Theater zu machen!«, schimpfte Mr Brown. »Ich habe mir den Knöchel gebrochen, nicht das Rückgrat. Ich komme schon klar.«

Sabrina seufzte. »Dad, hier draußen ist es sehr rutschig.« Sie nahm seinen Arm. »Wir begleiten dich nur bis zur Tür.«

»Hmpf!«, machte Mr Brown, aber er zog seinen Arm nicht weg.

Nun stieg auch Felix hinten aus dem Auto und rannte zu Hanna. »Großvater ist gestürzt, als er seinen Weihnachtsschmuck aufhängen wollte«, flüsterte er. »Wir kommen gerade aus dem Krankenhaus.«

Sabrina schloss Mr Browns verwitterte Haustür auf und Hannas Mutter half ihm dabei, ins Haus zu humpeln. Hannas Vater folgte ihnen mit dem Karton auf dem Arm.

»Komm mit«, rief Felix Hanna zu und lief hinterher. Hanna war nicht sicher, ob Mr Brown sich über ihre Anwesenheit freuen würde – er schien nie gut zu finden, was sie tat. Aber sie wollte auch nicht allein in der Kälte stehen bleiben. Also folgte sie Felix ins Haus ihres Nachbarn.

Es dauerte etwas länger, bis die Erwachsenen das Wohnzimmer erreichten. Der Flur stand voller Topfpflanzen, an denen Mr Brown mit seinem Gips nur schwer vorbeikam.

Schließlich half Hannas Mutter ihrem Nachbarn in einen abgewetzten Sessel. »Kann ich Ihnen eine Tasse Tee machen?«

»Ein bisschen Ruhe ist alles, was ich brauche!«, grummelte Mr Brown.

»Ach, Dad!«, seufzte Sabrina. »Lass dir doch helfen!« Sie ließ den Blick durchs Zimmer schweifen und runzelte die Stirn. Überall wucherten Pflanzen und Farne! »Das Haus macht eine Menge Arbeit und wir können dich nicht einfach allein hierlassen, mit deinem kaputten Knöchel. Nicht kurz vor Weihnachten! Bitte denk darüber nach, für eine Weile zu uns zu ziehen. Wir könnten zur Abwechslung mal das Weihnachtsessen für dich kochen.«

»Nein!«, fuhr Mr Brown sie an. »Ich hab dir schon mal gesagt, mir geht es besser in meinen eigenen vier Wänden. Vor allem an Weihnachten. Ich verbringe Weihnachten immer hier, und daran wird sich auch wegen eines blöden Unfalls nichts ändern.«

Hanna dachte bei sich, dass es in Mr Browns Haus nicht besonders weihnachtlich aussah. Nirgends war etwas geschmückt. Das war irgendwie komisch, wenn er sich den Knöchel beim Dekorieren verletzt hatte ...

»Na gut«, meinte Sabrina. »Aber ich schicke Felix jeden Tag mit warmem Essen zu dir rüber.«

»Und falls Sie sonst etwas brauchen, melden Sie sich einfach bei uns«, fügte Hannas Dad hinzu. »Ich bin sicher, Hanna kommt gerne vorbei und hilft.«

Mr Brown seufzte. »Vielen Dank«, brummte er. »Aber jetzt gerade brauche ich nichts außer etwas Ruhe und Frieden.«

Mit diesen Worten scheuchte er alle aus dem Haus.

Beim Abendessen merkte Hanna, dass sie

ein bisschen nervös war bei der Vorstellung, Mr Brown zu besuchen. Er fand immer irgendetwas, worüber er sich beschweren konnte. Aber wahrscheinlich hatte er ziemlich starke Schmerzen. Es war wirklich gemein, sich so kurz vor Weihnachten zu verletzen. *Da ist es meine Pflicht zu helfen, als Nachbarin und als Hüterin des Waldes!*

Am nächsten Morgen brachen Hanna und ihre Eltern gleich nach dem Frühstück auf, um einen Weihnachtsbaum zu kaufen. Die Sonne schien durchs Autofenster und im Radio lief festliche Musik. Hanna hielt ihre Tasche auf dem Schoß gut fest, weil die Fahrt teilweise etwas holprig war.

»Sind wir bald da?«, flüsterte Flitz. Hanna vergewisserte sich, dass ihre Eltern nach vorn auf die Straße schauten. Dann öffnete sie die Tasche vorsichtig einen Spalt.

»Schau selbst«, flüsterte sie. Flitz spähte durchs Fenster auf die verschneite Landschaft, die draußen vorbeisauste.

»Boah!«, staunte er und richtete sich noch ein Stück auf. »So schnell kann nicht mal Grauschwinge fliegen!« Grauschwinge war die hochmütige Eule, die im Wald in der Nähe von Hannas Zuhause wohnte. Sie schien dauernd mit Hanna zu schimpfen – und auf Flitz war sie auch nicht sonderlich gut zu sprechen.

Hanna beugte sich vor, damit nur Flitz sie hören konnte. »Grauschwinge fände es bestimmt ganz und gar nicht gut, dass du überhaupt Auto fährst«, sagte sie. »Grauschwinge hasst alles, was mit Menschen zu tun hat! Und jetzt duck dich und mach keinen Mucks. Wir sind gleich da.«

Das Hofgut lag etwas außerhalb vom Ort. Bei ihrer Ankunft war dort bereits viel los. Hanna sah andere Familien, die große, in Netze verpackte Tannenbäume schleppten. Hinterm Parkplatz wuchsen verschneite Kiefern und Fichten in ordentlichen Reihen. Beim Aussteigen kam Hanna plötzlich ein Gedanke: *Sollte eine Hüterin des Waldes wirklich einen Baum fällen, nur um das Haus damit zu schmücken?* Sie biss sich auf die Lippe. *Vielleicht sollten wir uns stattdessen lieber einen künstlichen Baum kaufen?*

Doch dann sah sie ein großes Schild neben dem Eingang zum Hofgut. Darauf stand, dass die Bäume nachhaltig angebaut wurden und wichtigen Lebensraum für Tiere boten. *Da bin ich aber erleichtert*, dachte sie.

Hannas Dad ließ seinen Blick über die Bäume schweifen. »Mit so viel Auswahl habe ich gar nicht gerechnet!«

Hanna folgte ihren Eltern mit etwas Abstand, damit sie mit Flitz reden konnte.

»Wie seltsam«, sagte das Wiesel, das durch einen Schlitz in der Tasche spähte. »Warum willst du einen Baum ins Haus holen, wo du doch schon mitten im Wald wohnst?«

»Um ihn zu schmücken«, antwortete Hanna. »Wir können draußen ja nicht einfach Lichter und Kugeln an die Tannen hängen.«

»Warum denn nicht?«, fragte Flitz.

Hanna fielen sofort mindestens zehn gute Gründe ein – zum Beispiel würde es Grauschwinge sehr wütend machen. Doch bevor sie etwas sagen konnte, war Flitz bereits abgelenkt. Er reckte schnuppernd das Schnäuzchen in die Luft.

»Was riecht denn da so lecker?«, fragte er. Seine Schnurrhaare zuckten. Auch Hanna roch den Duft von Gewürzen und Gebäck. Sie näherten sich einem Holzschuppen mit gestreifter Markise. Dort wurden die Bäume mit einer speziellen Maschine in Netze verpackt. Daneben, am Zaun, der den Hof vom Wald trennte, parkte ein bunt bemalter Verkaufsstand auf Rädern.

»Hanna, ist das nicht Katies Mutter, aus der Bäckerei im Ort?« Ihr Dad drehte sich nach Hanna um. Flitz duckte sich gerade noch rechtzeitig.

»Stimmt, das ist sie.« Lächelnd und winkend folgte sie ihren Eltern zum Stand. Dort angekommen, sah Hanna süßes Gebäck und mit Zuckerguss verzierte Lebkuchen in einer hübschen Auslage.

»Hallo«, begrüßte Katies Mum sie. »Was darf ich euch anbieten?«

»Hanna, möchtest du einen Lebkuchenmann?«, fragte ihr Vater.

»Au ja!«, rief Flitz sofort. Seine Stimme quietschte vor Aufregung. Katies Mutter warf

Heiße
Schokolade

Hanna einen komischen Blick zu. Hanna hustete schnell und tat so, als hätte sie sich verschluckt.

»Ja, bitte«, antwortete sie dann. Sie merkte, wie sie rot wurde. *Flitz muss wirklich lernen still zu sein!*

»Habt ihr denn schon einen Baum ausgesucht?«, erkundigte sich Katies Mutter und reichte Hanna einen verzierten Lebkuchen.

»Wir haben noch gar nicht richtig geschaut«, antwortete Hannas Dad. »Betreibst du den Stand hier schon lange?«

»Nur jetzt in der Adventszeit«, antwortete Katies Mutter. »Die Leute sind schon richtig in Vorweihnachtsstimmung. Wir werden auch einen Stand auf dem Weihnachtsmarkt in Walder haben. Die meisten Geschäfte am Ort machen mit. Die Besucher kommen von überallher!«

»Das wird sicher wunderbar«, sagte Hannas Mutter. »Und, hast du schon alle Geschenke eingepackt?«

Während die Erwachsenen sich über Weihnachtsvorbereitungen unterhielten, fand Hanna eine Bank am Zaun und setzte sich, um ihren Lebkuchen zu essen. Vom Verkaufsstand aus war die Bank fast nicht zu sehen. Deshalb stellte Hanna ihre Tasche neben sich und klappte sie auf. Flitz streckte das Köpfchen heraus.

»Kann ich auch was haben?« Hungrig betrachtete er den Lebkuchenmann.

Hanna schüttelte den Kopf. »Zucker ist nicht gut für Wiesel«, sagte sie.

»Nur einmal kurz knabbern?«, bettelte Flitz. Er streckte sich zu der Leckerei hinauf. »Wenigstens schnuppern?« Hanna verdrehte die Augen und hielt ihm das Gebäck hin. Flitz starrte jedoch bereits etwas anderes an.

»Schau mal«, sagte er. »Da muss ein Tier in Schwierigkeiten geraten sein!« Er zeigte an einem Mülleimer vorbei auf den Zaun dahinter. Der Draht schien dort irgendwie verbogen zu sein und ein Büschel grau-weißes Fell war daran hängen geblieben. Hanna stand auf, um es sich genauer anzusehen. Sie schnappte erschrocken nach Luft.

Am Fell klebte getrocknetes Blut.

»Irgendein Tier wurde von dem vielen Essen hier angelockt.« Hanna runzelte die Stirn. »Hoffentlich ist es nicht schwer verletzt. Aber was könnte das für ein Tier sein? Der Pelz wirkt zu lang und zottelig für ein graues Eichhörnchen. Und für einen Fuchs hat er die falsche Farbe.«

Flitz schnupperte vorsichtig daran. Dann zuckte er zurück. »Ich bin mir nicht sicher, was das für ein Tier ist«, sagte er. »Aber eines, das ich im Wald sonst nicht rieche. Und noch was kann ich dir sagen: Dieser Pelz gehört einem Raubtier – das eindeutig sehr viel größer ist als ich!«

3

Hanna schreckte aus dem Schlaf hoch. Ihr Zimmer war in Mondlicht getaucht. Sie sah auf ihren Wecker: *drei Uhr nachts!* Einen Moment lang war sie nicht sicher, was sie geweckt hatte. Dann hörte sie ein Geräusch von draußen. Ein hohes, unheimliches Heulen, das lauter und wieder leiser wurde, bis es schließlich verstummte. Es war so ein ungewohnter, einsamer Laut, dass Hanna ein Schauer über den Rücken lief. Sie stieg aus dem Bett und lief ans Fenster.

Der verschneite Garten und der Wald dahinter funkelten silberweiß. Kein Windhauch bewegte die Zweige. Hanna öffnete das Fenster. Eiskalte Luft strömte herein. Dann erklang das Heulen wieder. Laut und deutlich und nicht zu verwechseln:

Ein Wolf!

Schnell schloss Hanna das Fenster und sprang zitternd zurück ins Bett. *Vielleicht ist dieser Wolf das Raubtier, das Flitz auf dem Hofgut erschnuppert hat*, dachte sie. Sie zog sich die warme Bettdecke bis unters Kinn. Das Zittern hörte bald wieder auf. Doch beim Versuch, wieder einzuschlafen, musste sie dauernd an das Fellbüschel am Zaun mit dem getrockneten Blut denken. *Der arme Wolf ist wahrscheinlich verletzt* … Dieses Heulen hatte fürchterlich nah geklungen. Jetzt machte sie sich noch mehr Sorgen. War Flitz dort draußen sicher, so ganz allein?

Hanna dachte auch an ihre Freundinnen und Freunde im Ort und an deren Haustiere. *Wölfe sollten Menschen doch bestimmt nicht so nahe kommen …*

Irgendwann döste sie wieder ein, aber sie schlief nicht besonders gut. Sie träumte von wilden Raubtieren, die den Wintermond anheulten.

Als Hanna am nächsten Tag aufwachte, begrüßte sie hellgraues Morgenlicht. Der Blick aus dem Fenster zeigte ihr eine dicke, tief hängende Wolkendecke am Himmel. Die Sonne war nur als milchig weißer Fleck zu erkennen.

Nach dem Frühstück fragte Hanna ihre Eltern, ob sie im Wald Vogelfutter verteilen durfte. »Inzwischen gibt es nämlich nicht mehr viele Beeren«, erklärte sie. »Mrs Beck hat uns neulich im Unterricht erklärt, dass die Vögel dann Hunger haben.«

»Was für eine schöne Idee!«, sagte ihre Mum. »Nimm dir aus dem Schrank, was du brauchst. Ich habe noch Trockenfrüchte von der Weihnachtsbäckerei übrig. Den Rest Brot dort kannst du auch mitnehmen.«

»Danke.« Schnell füllte Hanna eine Tasche mit Rosinen, Nüssen und Brot.

Sie lief hoch in ihr Zimmer, um ihre Sachen zu holen. Aber plötzlich zögerte sie. *Wenn da draußen ein Wolf herumläuft, sollte ich dann wirklich in den Wald gehen? Mum wäre sicher nicht begeistert, wenn sie davon wüsste ...* Doch Hanna war nun einmal die Hüterin des Waldes. *Die Tiere brauchen mich*, dachte sie. Außerdem hatte sie Flitz versprochen ihn zu treffen. Sie wollten Vorräte zu Streif bringen, einem hungrigen Dachs, der in der Nähe wohnte. Hanna schluckte ihre Angst hinunter und stapfte in die Kälte hinaus.

Ein eisiger Wind pfiff durch die Zweige und bald fing es an zu schneien. Die vereisten Flocken fühlten sich unangenehm an im Gesicht. Flitz kuschelte sich dicht an Hannas Hals und sie war dankbar für seine Wärme.

Vom Dachsbau war nur ein weißer Hügel mit Ein- und Ausgängen zu erkennen. Hanna und Flitz hatten Streif im Herbst geholfen sich Speck anzufuttern, damit er gut über den Winter kam. Doch nun hatte er auch eine Partnerin, die Nachwuchs erwartete. Deshalb brauchten die beiden während der kältesten, verschneiten Monate zusätzliches Futter.

Eine breite Schnauze tauchte in einem der Löcher auf. Müde blinzelnd kam Streif herausgetapst. Dicht hinter ihm folgte Farn, seine Partnerin. Hanna freute sich: Die Dächsin wirkte gesund und zufrieden.

Hanna stellte das Futter ab und die beiden Dachse ließen es sich schmecken. Nach den ersten Bissen blickte Farn zu Hanna hinauf und grunzte ein paarmal leise.

»Genau das Richtige an einem kalten Wintermorgen«, übersetzte Flitz. »Farn fühlt sich gleich gestärkt!« Streif fügte etwas auf Dachssprache hinzu. Dabei funkelten seine dunklen Augen.

»Streif hat mich gerade daran erinnert, dass Hilda zu Weihnachten immer Speckschwarte rausgelegt hat«, erklärte Flitz Hanna.

»Ich denke, das lässt sich machen«, sagte sie.

Sobald die beiden Dachse in ihren Bau zurückgekehrt

waren, beschloss auch Hanna nach Hause zu gehen. Aber sie war noch nicht weit gekommen, da hörte sie das leise Knirschen von Stiefeln im Schnee.

»Versteck dich!«, zischte sie Flitz zu. Gerade noch rechtzeitig rollte er sich in ihrer Kapuze zusammen. Im nächsten Moment tauchte auch schon Felix zwischen den Bäumen auf.

»Hallo!«, begrüßte Hanna ihn. Sie freute sich ihren besten Freund zu treffen. »Sag mal, hast du letzte Nacht auch diesen Wolf heulen gehört? Ich bin davon aufgewacht.«

Felix nickte mit gerunzelter Stirn. »Deshalb bin ich hier«, antwortete er. »Ich wollte schauen, wie nah er an die Häuser herangekommen ist.«

»Hast du denn keine Angst?«, fragte Hanna.

»Jetzt gerade nicht«, sagte er. »Aber nach Einbruch der Dunkelheit kriegen mich keine zehn Pferde mehr in den Wald! Und sollte ich irgendwo einen Hinweis auf den Wolf entdecken, dann haue ich schnell ab! Willst du mit mir nach Spuren suchen?«

Hanna nickte. Es war so schön, einen Freund zu haben, der den Wald und seine Lebewesen genauso gern mochte wie sie. Auch wenn sie nicht alle ihre Geheimnisse mit ihm teilen konnte.

Felix ging voraus. So stapften sie leise durch den frostigen Wald. Es schneite nun stärker und bald wirbelten riesige Flocken wie Federn um sie herum.

»Wenn das so weitergeht, sind die Spuren gleich zugeschneit«, sagte Felix.

»Hast du vorher schon mal Wölfe im Wald gehört?«, wollte Hanna wissen.

»Selten«, antwortete Felix. »Manchmal im Winter. Aber noch nie so nah wie letzte Nacht.« Mit gesenkten Köpfen gingen sie weiter und suchten den Boden ab.

Plötzlich spürte Hanna, wie Flitz' Schnurrhaare sie am Ohr kitzelten. »Psst!«, flüsterte er so leise, dass nur sie es hören konnte. »Ich rieche wieder Raubtier.« Dann duckte sich das Wiesel zurück in ihre Kapuze. Hanna ließ den Blick aufmerksam über den verschneiten Waldboden wandern. Da! Sie schnappte erschrocken nach Luft. Ein Stück entfernt zwischen den Bäumen waren riesige Pfotenabdrücke! Sie sahen so ähnlich aus wie die von einem Hund, nur viel größer.

»Felix, schau mal ...«, flüsterte Hanna. Vorsichtig gingen sie näher heran und beugten sich über den Schnee.

»Das sind auf jeden Fall Wolfsspuren«, sagte Felix. Er sah sich die Abdrücke genauer an. »Ich glaube, das Tier ist verletzt.« Er zeigte auf einen verwischten Abdruck, dann auf noch einen. Es sah aus, als hätte der Wolf eine Pfote nachgezogen. Ein Stückchen weiter entfernt, neben einer der verwischten Spuren, entdeckte Hanna einen Tropfen Blut. Der Wolf hatte sich vermutlich verletzt, als er versucht hatte an die Mülleimer auf dem Hofgut zu gelangen. Sie bekam Mitleid – aber auch Angst. Es war ihre Aufgabe als Hüterin des Waldes zu helfen, wenn sie konnte ... *Aber das ist ein Wolf!*

Was konnte sie nur tun? Sie kannte verschiedene Geschichten über Kinder, die im Wald einen Wolf getroffen hatten. Keine einzige ging gut aus.

»Lass uns umkehren. Jetzt haben wir ja gefunden, wonach wir gesucht haben«, sagte Felix.

Hanna nickte. Sie zog ihren

Schal etwas fester um den Hals. »Ich will auch nicht zu spät nach Hause kommen«, erklärte sie. »Wir schmücken nämlich heute unseren Baum.«

»Wir auch!«, sagte Felix. »Da fällt mir ein: Übermorgen helfe ich Großvater sein Haus weihnachtlich zu schmücken. Magst du vorbeikommen und mitmachen?«

Hanna war nicht sicher, ob das Mr Brown gefallen würde. Aber sie wollte Felix nicht enttäuschen.

»Natürlich«, antwortete sie. »Das wird bestimmt toll. Aber jetzt lass uns gehen. Ich könnte gut einen heißen Kakao vertragen!«

Durch dichtes Schneegestöber wanderten sie nach Hause. Die Flocken verfingen sich in Hannas Wimpern und krochen ihr in den Kragen. Wie sie so mit gesenktem Kopf vor sich hin stapfte, entdeckte sie am Rand eines zugefrorenen Teichs auf einmal etwas

Seltsames: einen lackierten Stock. Sie blieb stehen, um ihn aufzuheben. Da sah sie, dass in den Knauf eine Eule geschnitzt war.

»Der gehört Großvater!«, rief Felix. »Er nimmt ihn immer mit, wenn er spazieren geht. Warum hat er ihn bloß hier liegen lassen?«

»Wirklich komisch.« Hanna dachte an Mr Browns verletzten Fuß. Ein Gedanke huschte durch ihren Kopf, doch sie konnte ihn nicht ganz greifen. »Ich werde Mum bitten ihm den Stock zu bringen, wenn sie nachher rübergeht«, sagte Hanna. Sie wünschte fast, sie wäre mutig genug, das selbst zu tun. Sie könnte Mr Brown einfach fragen, weshalb er ihn im Wald hatte liegen lassen. Doch dann dachte sie wieder an seine grimmige Miene und seinen strengen Tonfall. *Nein, lieber nicht.*

Zu Hause wärmte sich Hanna mit einer großen Tasse Kakao auf. Dann war es Zeit, den Baum zu schmücken. Er war so riesig, dass er fast bis zur Decke reichte. Es war eindeutig der schönste Baum, den sie je hatten. Hannas Mum hatte Stollen gebacken und ihr Dad legte Weihnachtslieder auf. Gemeinsam sangen sie mit, während sie schmückten. Draußen fiel der Schnee, drinnen roch es nach Gewürzen und Marzipan, und Hanna hatte das Gefühl, dass Weihnachten bereits begonnen hatte.

Bald glitzerte der Baum von oben bis unten mit funkelnden Lichtern und roten und goldenen Kugeln. An jedem Zweig hingen Holztiere und anderer handgemachter Schmuck. Auf die Spitze setzte Hanna den Goldstern, der jedes Jahr ihren Baum zierte.

»Oh«, rief sie. »Fast hätte ich meine Plätzchen-Anhänger vergessen! Sie sind oben in meiner Tasche. Ich hole sie schnell.«

Sie lief hinauf in ihr Zimmer und nahm die verzierten Plätzchen aus der Tüte. Gerade wollte sie wieder hinunterlaufen, da hörte sie etwas laut gegen die Scheibe klopfen. Hanna drehte sich um. Anstelle von Flitz saß draußen auf dem Sims jedoch eine viel größere weiße Gestalt und sah Hanna an.

Grauschwinge?

Die großen, bernsteinfarbenen Augen der Eule schienen fast gespenstisch zu leuchten. Wieder klopfte sie mit dem Schnabel gegen das Fenster.

»Schon gut! Ich komme ja schon. Du kannst die Scheibe heil lassen!«, rief Hanna.

4

Hanna rannte nach unten und schlüpfte schnell in Stiefel und Jacke.

»Hier sind die Plätzchen! Ich gehe nur kurz in den Garten und schaue mir den Schnee an!«, rief sie ihren Eltern zu. Ohne auf eine Antwort zu warten, lief sie hinaus.

Im mondbeschienenen Garten erwartete sie ein seltsamer Anblick. Grauschwinge hockte auf einem gekrümmten Ast des Apfelbaums. Sie reckte die Brust heraus und starrte Hanna herausfordernd an. Neben ihr saß mit gesenktem Kopf und hängendem Schwanz Flitz. Wie es aussah, war ihm sehr unbehaglich zumute. Grauschwinge stupste ihn mit der Flügelspitze an. Das Wiesel zuckte zusammen.

»Grauschwinge braucht deine Hilfe«, sagte Flitz.

Mit offenem Mund sah Hanna die Eule an. Die blickte hochmütig auf Hanna herab und stieß ein paar ziemlich nachdrückliche Rufe aus.

»Sie sagt, unter normalen Umständen würde sie dich niemals bitten«, übersetzte Flitz.

Hanna verdrehte die Augen. »Das hat sie mehr als deutlich gemacht. Ich weiß genau, dass ich ihrer Meinung nach gar keine Hüterin des Waldes sein sollte. Warum hat sie also plötzlich beschlossen mir doch zu vertrauen?«

Flitz überbrachte Grauschwinge Hannas Nachricht. Die Schleiereule rief eine Antwort. Flitz wirkte noch unglücklicher.

»Grauschwinge sagt, sie vertraut dir auch jetzt nicht«, erklärte er Hanna. »Aber sie hat keine andere Wahl. Ein Tier des Waldes ist verletzt und sie kann sonst niemanden fragen.«

Hannas Sorge war nun stärker als ihr Ärger über Grauschwinges Verhalten. »Geht es um den armen Wolf mit der verletzten Pfote?«, fragte sie. Flitz übersetzte.

Vor Staunen fiel Grauschwinge fast von ihrem Ast. Sie schlug mit den Flügeln, um das

Gleichgewicht wiederzufinden, und sah dabei sehr überrascht aus. Normalerweise hätte Hanna gelacht, aber sie machte sich zu viele Sorgen um den Wolf.

»Ach, du dachtest, davon weiß ich nichts?«, sagte sie. »Das hier ist auch *mein* Wald.«

Sobald Grauschwinge ihre Fassung wiedergefunden hatte, sprach sie weiter mit Flitz als Übersetzer.

»Silberschatten will nicht in der Nähe der Menschen sein. Er ist dort in Gefahr. Aber er kann nicht mehr richtig laufen. Eine Hüterin des Waldes kann seine Pfote heilen, aber es muss so schnell wie möglich passieren. Sonst gibt es großen Ärger.«

Hanna dachte angestrengt nach. Sie konnte ein Lebewesen des Waldes nicht im Stich lassen. Und sie wollte Silberschatten wirklich helfen. Aber eins wusste sie über Wölfe: Es wäre keine gute Idee, einem so nahe zu kommen, dass sie seine Pfote berühren konnte. Ihre Eltern würden total ausflippen, wenn sie davon wüssten. *Aus gutem Grund!*

Grauschwinge beobachtete Hanna aufmerksam. Hanna war sicher, die Eule würde genervt die Augen verdrehen, wenn sie es könnte. Stattdessen gab sie einen verärgerten Laut von sich. Flitz übersetzte nicht sofort.

»Was hat sie gesagt?«, wollte Hanna wissen.

»Sie hat gefragt, was Hilda tun würde«, antwortete Flitz.

Hanna musste sich eingestehen, dass sie darauf keine Antwort hatte. Ihre Großmutter war mutig gewesen, aber nicht leichtsinnig. »Was genau *hätte* sie denn getan?«, fragte sie Flitz.

Er hob hilflos die Pfoten, als würde er sich entschuldigen. »Sie hätte auf jeden Fall geholfen«, sagte er. Ohne auf eine Übersetzung zu warten, stieß Grauschwinge einen triumphierenden Schrei aus. Dann redete sie wieder auf Flitz ein.

»Grauschwinge meint, Hilda hätte das Richtige getan«, erklärte er Hanna. »Mit den Menschen war sie zu nachsichtig, aber sie war immer eine gute Hüterin des Waldes.«

Sie war auch nicht erst elf Jahre alt!, dachte Hanna. Doch sie wusste, was sie tun musste. Tief im Herzen hatte sie es die ganze Zeit gewusst. »Sag Grauschwinge, sie soll sich keine Sorgen machen. Ich tue alles, was ich kann.«

»Das will ich auch hoffen!«, antwortete die Eule durch Flitz. Dann erklärte sie Hanna, dass sie Silberschatten ein Stück Richtung Norden finden würde. In einem kleinen Ahornwäldchen. Sobald die Eule mit ihren Anweisungen fertig war, schlug sie mit den Flügeln und flog davon. Hanna sah ihr nach.

Sie musste wieder daran denken, wie sie beim Schultheaterstück eine Eule gespielt hatte.

Sie hatte sich Grauschwinge als Vorbild genommen und war ziemlich hochnäsig herumstolziert. Hanna hatte Grauschwinge gut getroffen, aber nur Mr Brown hatte gelacht. Was seltsam war, wenn sie es sich recht überlegte ...

Außerdem hatte sein Spazierstock eine geschnitzte Eule als Knauf.

Er muss Eulen sehr mögen, dachte Hanna. *Was gut ist, weil sich Grauschwinge oft in seinem Garten aufhält* ... Um genau zu sein, die Schleiereule war auch jetzt gerade dort gelandet. Sie saß auf einem der vielen hölzernen Futterplätze, die Mr Brown aufgestellt hatte.

Hanna runzelte die Stirn. »Findest du es nicht auch seltsam, dass Grauschwinge so viel Zeit in Mr Browns Garten verbringt? Obwohl sie Menschen doch so hasst?«, fragte Hanna Flitz.

Das Wiesel legte den Kopf schief. »Stimmt, das ist wirklich komisch«, sagte er. »Aber so war das schon immer, seit ich denken kann.«

Hmmm. Hanna hatte das Gefühl, als würde sich in ihrem Kopf langsam ein Puzzle zusammensetzen. Ihr fehlten nur noch ein paar Teile.

»Komm mal mit«, sagte sie zu Flitz. Immer noch in Gedanken versunken verließ Hanna den Garten durch das Holztor. Mr Browns Grundstück hatte keinen Zaun. Weil das wild wuchernde Gebüsch im Winter keine Blätter trug, konnte Hanna das Haus dahinter gut erkennen. Grauschwinge hockte immer noch an dem Futterplatz. Auf einmal ging die Hintertür auf, sodass Licht von drinnen auf den Schnee fiel. Hanna duckte sich rasch hinter einen Baumstumpf. Mr Brown kam auf eine Krücke gestützt herausgehumpelt. In der freien Hand hielt er einen flachen Teller. Mühsam beugte er sich hinunter und stellte ihn auf den Boden.

Aus einem Busch in der Nähe kamen zwei Gestalten herausgehoppelt. Hanna traute ihren Augen kaum. *Wildkaninchen! Aber hatten die denn keine Angst vor Eulen? Und vor Menschen?* Die beiden Kaninchen knabberten an einem Büschel Grünzeug auf dem Teller. Ihre Ohren zuckten begeistert. Sie benahmen sich, als wäre Mr Brown gar nicht da.

Dann sah Hanna aus dem Augenwinkel plötzlich eine schnelle Bewegung. Grauschwinge schoss auf die mümmelnden Kaninchen zu. Hanna schnappte nach Luft und das Herz schlug ihr bis zum Hals … Doch statt sich auf die beiden zu stürzen, landete die Eule elegant auf Mr Browns Arm. Vor Staunen riss Hanna die Augen auf. Mr Brown schien sich mit Grauschwinge zu unterhalten! Die Eule blickte auf die Kaninchen hinunter und stieß einen Ruf aus. Eines der Häschen schien zu antworten.

Genau so sehe ich wahrscheinlich aus, wenn Flitz mir hilft mit Tieren zu reden!, dachte Hanna. Sie drehte sich zu Flitz um. Ihm stand vor Überraschung das Mäulchen offen.

»Meinst du, Mr Brown könnte ein Hüter des Waldes sein?«, flüsterte Hanna.

Flitz blinzelte. »Es würde erklären, warum er und Grauschwinge immer bestimmen wollen, wer in den Wald darf und wer nicht«, antwortete er. »Aber wie konnten sie das so lange geheim halten? Ob Hilda wohl davon wusste?«

Hanna spähte wieder hinter ihrem Baumstumpf hervor. Mr Brown und Grauschwinge unterhielten sich immer noch. Da drehte die Eule plötzlich den Kopf und sah

Hanna direkt in die Augen. Sie stieß einen langen, lauten Schrei aus.

Hanna wollte weglaufen, aber Mr Brown hatte sie offenbar entdeckt. Er seufzte tief.

»Hanna«, rief er ärgerlich. »Komm raus. Wir müssen reden.«

5

Hanna hatte das Gefühl, als würde ein ganzer Schwarm Schmetterlinge in ihrem Bauch Purzelbäume schlagen. Sie war froh, dass Flitz in ihre Jackentasche geklettert war, und streichelte sein weiches, warmes Fell. Das gab ihr Mut.

»Komm rein«, sagte Mr Brown. »Es ist viel zu kalt, um hier draußen rumzustehen.« Mit Grauschwinge auf dem Arm ging er ins Haus. Hanna folgte ihm nach kurzem Zögern.

»Tee?«, fragte Mr Brown. Er sah Hanna dabei nicht an, sondern humpelte in seine unordentliche Küche.

»Äh ... ja, gerne. Mit Milch, wenn Sie welche haben«, antwortete Hanna. Mr Brown nickte. Hanna konnte an seiner steifen Körperhaltung und dem gebeugten Kopf erkennen, dass er zwar höflich sein wollte – sogar gastfreundlich. Aber ihm gefiel nicht, was Hanna gesehen hatte. Ihr Herz klopfte laut und ihre Handflächen schwitzten.

»Dein Vertrauter kann gerne rauskommen«, brummte Mr Brown. Er hängte Teebeutel in zwei Tassen.

Dann weiß er wohl, dass ich Hüterin des Waldes bin!

Flitz kletterte auf Hannas Schulter. Grauschwinge flatterte zu Mr Browns kleinem Esstisch hinüber und ließ sich auf einer Stuhllehne nieder. Auch Hanna nahm Platz.

Dazu musste sie sich aber zuerst an einer riesigen Grünlilie vorbeischieben. Kurz darauf brachte Mr Brown den Tee. Flitz sprang auf den Tisch und rollte sich neben Hannas Tasse zusammen. Mr Brown setzte sich ihr gegenüber und streckte sein Gipsbein aus. Hanna sah sich um. Sie kam sich vor wie in einem Traum oder einem Märchen. Das hier war das ungewöhnlichste Teekränzchen, das sie je erlebt hatte.

»Dann teilen wir jetzt also ein Geheimnis.« Mr Brown breitete die Hände aus. »Grauschwinge unterhält sich mit mir, so wie ihr miteinander sprecht, du und dein Wiesel. Zusammen tun wir für den Wald, was wir können. Ich bin ein Hüter des Waldes, genau wie du eine Hüterin bist.«

In Hannas Kopf überschlugen sich die Gedanken. Sie wusste gar nicht, was sie zuerst fragen sollte. Also holte sie erst einmal tief Luft. »Wenn Sie die ganze Zeit wussten, dass ich Hüterin des Waldes bin, warum haben Sie mir das nicht früher erzählt? Und wenn Grauschwinge es weiß, warum macht sie mir dann die Arbeit schwer?«

Mr Brown schnaubte. »Unsinn!«, sagte er. »Grauschwinge hat dir im Herbst geholfen, die letzte Zutat für das neue Zuhause der Igelfamilie zu finden. Nicht wahr?«

Hanna war sprachlos. Das stimmte: Sie hätte die letzte Zutat nicht gefunden, wenn Grauschwinge nicht darauf gelandet wäre!

»Sie will dich nur aufhalten, wenn du etwas tust, das schlecht ist für den Wald. Zookaninchen aussetzen oder Kinder einladen, dort herumzutrampeln. Deshalb konnte ich dir mein Geheimnis auch nicht anvertrauen. Du bist genau wie Hilda! Immer lässt du Menschen zu nah an die Natur heran.« Er schüttelte den Kopf. »Wir waren mal Freunde, Hilda und ich. Ich habe ihr gesagt, es wird nichts Gutes dabei herauskommen, Menschen in den Wald zu bringen. Aber sie wollte nicht auf mich hören. Die Menschen hinterlassen überall Müll, stehlen Pflanzen …« Er schüttelte sich. »Die Umwelt ist ihnen völlig egal!«

Mr Browns Worte trafen Hanna im

Innersten. Einen Moment lang zweifelte sie an sich selbst. Aber dann fiel ihr wieder ein, dass ihre Klassenkameraden geholfen hatten gefährlichen Müll aus dem Wald wegzuräumen. Und als sie den Häschen aus dem Streichelzoo ein neues Zuhause bereiten wollte, hatten die Wildkaninchen die Neuen willkommen geheißen, es war nichts Schlimmes passiert. Hilda hatte offenbar geglaubt, dass Menschen und Tiere Seite an Seite leben konnten. *Er sagt, ich bin genau wie Hilda*, dachte Hanna. *Und das ist gut so!*

Sie setzte sich ganz aufrecht hin und sah Mr Brown fest in die Augen. »Ich verstehe, dass Sie glauben, Menschen und Waldlebewesen sollten voneinander getrennt sein«, sagte sie. »Ich bin anderer Meinung. Ich glaube, wir brauchen uns alle gegenseitig. Menschen und Tiere sollten zusammenhalten, damit das Leben für uns alle besser wird.«

Mr Brown seufzte schwer. Er schien in sich zusammenzufallen und wirkte plötzlich älter. »Genau das hat Hilda auch immer gesagt ... Nun ja, dann müssen wir uns wohl darauf einigen, nicht einer Meinung zu sein. Ich habe nicht vor mich zu ändern.«

Hanna lächelte. »Ich auch nicht«, sagte sie. »Aber deshalb kann ich trotzdem eine gute Hüterin des Waldes sein. Und ich werde es beweisen, indem ich Silberschatten helfe. Wenn Sie mich jetzt bitte entschuldigen würden – ich muss einen Zauber finden, der seine verletzte Pfote heilt!« Hanna streckte den Arm aus, damit Flitz auf ihre Schulter klettern konnte. Dann stand sie auf. Auf dem Weg zur Tür fiel ihr plötzlich etwas ein. Sie drehte sich noch einmal zu Mr Brown um. Der nippte gedankenverloren an seinem Tee.

»Weiß Felix Bescheid?«, fragte sie.

Mr Brown sah zu ihr auf und schüttelte den

Kopf. »Irgendwann werde ich meine Aufgabe meinem Enkel übergeben«, antwortete er. »Aber jetzt noch nicht.«

Von Mr Browns Haus aus ging Hanna direkt zum Schuppen ihrer Großmutter im Wald. Er stand inmitten eines Kräutergartens, um den Hanna sich während der letzten Monate gewissenhaft gekümmert hatte. Von außen wirkte die Holzhütte alt und verlassen. Wenn man durch die schmutzigen Scheiben blickte, sah man nur rostiges Werkzeug. Aber auf einem Schild neben der Tür war ein Rätsel eingraviert:

Ich wandle mit dir Tag und Nacht
im Sonnen- und im Mondenschein.
Auf leisen Sohlen schleich ich sacht
bald vor dir her, bald hinterdrein:
hinab ins Tal, hinan den Berg,
bald wie ein Ries', bald wie ein Zwerg.

Hanna kannte die Antwort, das magische Lösungswort.

»Mein Schatten«, murmelte sie. Die Tür öffnete sich knarrend und Hanna trat ein. Im Schuppen war es trotz der Kälte draußen warm und gemütlich. Statt der Geräte und Spinnweben, die man durchs Fenster sah, waren die Wände voller Regale. Darauf standen unzählige Behälter, Gläser und Flaschen mit magischen Zutaten. In einer Ecke befand sich ein schwarzer Kessel und hinten im Raum lag auf einem Holztisch ein ledergebundenes Buch. Darin stand alles Wissen von Hilda und den früheren Hüterinnen und Hütern des Waldes.

Hanna schlug das Buch auf und Flitz spähte über ihre Schulter.

»Du bist sehr mutig«, sagte er. »Fast so mutig wie ich. Hilda wäre stolz auf dich!«

»Ich fühle mich aber nicht besonders mutig«, gestand Hanna. »Um ehrlich zu sein, ich habe ganz schön Angst vor Wölfen!«

Flitz lachte. »Ha! Ich meinte doch nicht mutig wegen des Wolfs!«, sagte er. »Nein, es war mutig von dir, Mr Brown und Grauschwinge zu widersprechen. Die sind viel gruseliger!«

Hanna kicherte. »Vielen Dank, Flitz.« Auf einmal fühlte sie sich tatsächlich mutig. »Ich habe einfach keine Zeit, mir Sorgen wegen dieser beiden griesgrämigen Käuze zu machen. Ich muss einem Wolf helfen!«

6

Beim Frühstück las Hanna ihre Notizen durch, die sie tags zuvor aus Hildas Buch abgeschrieben hatte. (Dabei hob sie heimlich ein Stück von ihrem Frühstücksspeck für Streif auf.)

Wintermedizin, um eine kranke Pfote zu heilen. Die erste Zutat auf der Liste war mit Abstand am schwierigsten zu beschaffen: ein Büschel Fell von einer Stelle neben der Wunde. Hanna wünschte, sie hätte neulich ein paar Haare vom Drahtzaun mitgenommen.

Aber das Hofgut war zu weit weg, um allein dorthin zu gelangen. Also konnte sie das Fell nur auf eine Art bekommen – und die würde ihren ganzen Mut erfordern. Hanna hatte eine kleine Schere mit in ihre Waldausrüstung gepackt. Zur Sicherheit auch noch ein altes Handy, das ihr Vater ihr gegeben hatte. Hoffentlich würde sie es nicht brauchen! Aber wenigstens konnte sie so um Hilfe rufen, falls etwas schiefging.

Hannas Mutter machte in der Küche gerade belegte Brote. Ein paar waren Proviant für Hanna, die restlichen für Mr Brown. »Wärst du so lieb, ihm die zu bringen, wenn du rausgehst?«

»Aber klar doch.« Hanna spülte noch schnell ihren Frühstücksteller ab. »Ich bin vor dem Abendessen wieder zurück, versprochen.« Sie hatte ihren Eltern erzählt, sie würde Vögel beobachten gehen. Wie immer hatte sie ein schlechtes Gewissen, aber sie wusste, die beiden würden ihrem eigentlichen Plan niemals zustimmen. Die vielen Geheimnisse waren das Schlimmste an Hannas Aufgabe als Hüterin des Waldes. Aber so war es nun einmal.

Hanna zog Stiefel und Jacke an und ging zu Mr Browns Haus hinüber.

Als er die Tür öffnete, zuckte sie erschrocken zurück. Er sah noch grimmiger aus als sonst. Das hätte Hanna gar nicht für möglich gehalten. Sein Gesicht war bleich und die Hand, mit der er die Krücke hielt, zitterte vor Wut. Die Lippen hatte er fest zusammengepresst.

»Ich habe Ihnen was zum Mittagessen gebracht«, krächzte Hanna. »Ist etwas passiert?«

»Passiert?«, knurrte er. »Das kann man wohl sagen! Laut meiner Tochter plant eine Gruppe aus dem Ort sich heute auf die Suche nach Silberschatten zu machen. Wie können sie es wagen? Sie wollen ihn verjagen, damit er ihren albernen Weihnachtsmarkt nicht gefährdet. Und sie nehmen Hunde und Gewehre mit!«

»O nein!«, rief Hanna. Ihr wurde ganz elend zumute. »Sie wollen ihn doch nicht etwa erschießen?«

Mr Brown seufzte. »Nicht absichtlich«, sagte er. »Aber sie werden garantiert die Tiere beim Winterschlaf stören und die kostbaren Futtervorräte zertrampeln. Und es besteht immer die Gefahr, dass ein Tier verletzt wird. Gewehre!« Angewidert schüttelte er den Kopf. »Du glaubst vermutlich immer noch, dass der Wald ein Ort für Menschen ist?«

Hanna wusste nicht, was sie sagen sollte. Sie war ganz sicher nicht damit einverstanden, dass jemand einen Wolf jagte. Mr Browns Stirnfalten wurden noch tiefer.

»Los, geh schon«, drängte er. »Steh hier nicht untätig herum. Silberschatten muss so schnell wie möglich weg von hier!«

Hanna nickte. »Ich werde ihn jetzt suchen gehen«, erklärte sie. »Ich brauche ein Büschel von seinem Fell. Und außerdem Samen aus dem Zapfen einer Silbertanne.«

Mr Brown schien kurz nachzudenken. »Silbertannen sind hier im Wald nicht sehr verbreitet«, sagte er. »Aber wenn du dem Bach folgst, der nach Westen fließt, findest du ein paar. Du erkennst sie an ihrer nahezu weißen Rinde. Beeil dich!«

»Vielen Dank.« Hanna war froh über diese Information. »Bitte schön, Ihr Mittagessen.« Mr Brown nahm das Paket, aber er schien in

Gedanken woanders zu sein. *Bestimmt bei Silberschatten.* Auf einmal mochte Hanna ihren Nachbarn trotz seiner Grummeligkeit sehr gern. *Ihm sind die Tiere des Waldes wirklich wichtiger als alles andere!*

»Ich werde nicht zulassen, dass Silberschatten etwas zustößt«, versprach sie.

7

Der Schnee glitzerte so sehr in der Sonne, dass es fast in den Augen wehtat. Hanna eilte durch den Wald. Unter ihrer Jacke war sie bereits ganz verschwitzt. Sie blieb stehen, trank einen Schluck aus ihrer Wasserflasche und lief dann weiter. In der Hand hielt sie ihren Kompass, denn sie wollte Richtung Norden.

Vor ihr schwankte ein Ast. Eine Ladung Schnee landete auf dem Boden, gefolgt von Flitz. Das Wiesel war ein Stück vorausgelaufen, um Ausschau zu halten. Jetzt winkte Flitz Hanna aufgeregt zu sich. Seine Augen waren weit aufgerissen.

»Psst!«, zischte er. »Sei leise. Das Ahornwäldchen ist dort drüben. Und der Wolf auch!«

Hanna blieb stehen, um wieder zu Atem zu kommen und sich die Haare aus dem Gesicht zu streichen. Sie hatte plötzlich das Gefühl, noch mehr zu schwitzen. Ihr Herz hämmerte laut in ihrer Brust. Flitz sprang auf ihre Schulter und Hanna konnte fühlen, dass auch er zitterte.

»Er ist … sehr groß!«, stammelte Flitz. »Und vielleicht doch ein *winziges* bisschen unheimlich.«

Hanna schluckte schwer. Ihre Knie waren butterweich, aber sie zwang sich weiterzugehen. Vorsichtig schob sie sich zwischen zwei Brombeerbüschen hindurch bis zu einer Lichtung. Dort stand ein gewaltiger Ahornbaum. Hanna erstarrte. Am Fuß des Baums schlief das schönste und furchterregendste Tier, das sie je gesehen hatte. Es lag zusammengerollt in einem Nest aus Schnee.

Das silbergraue Fell von Silberschatten war lang und dicht. Im Schlaf wirkten seine Ohren unglaublich weich und die große Schnauze war geschlossen. Die Pfoten hatte er schützend unter sich gezogen und den buschigen Schwanz um den Körper gelegt – so sah er fast aus wie ein Hund. Nur eben *viel* größer. Größer, als Hanna sich das ausgemalt hatte. Die Vorstellung, ihn aufzuwecken, machte ihr Angst. Doch die dicken, stabilen Äste des Ahorns brachten sie auf eine Idee.

Mit angehaltenem Atem schlich Hanna um die Lichtung herum zur anderen Seite des Baums. Sie stellte den Fuß auf den untersten

Ast und begann zu klettern. Immer wieder musste sie Schnee wegwischen, um richtig greifen zu können. Vorsichtig bewegte sie sich um den Baum herum von Ast zu Ast hinauf, bis sie direkt über dem Wolf stand. Hier oben fühlte sie sich schon etwas sicherer.

»Und was jetzt?«, flüsterte Flitz auf ihrer Schulter.

»Bist du bereit zu übersetzen?« Dann rief sie leise. »Silberschatten?«

Die Ohren des Wolfs zuckten im Schlaf, aber er wachte nicht auf.

»Silberschatten!«, rief Hanna wieder, etwas lauter. Sofort hob der Wolf den Kopf. Er ließ ein tiefes Knurren hören und sprang etwas ungelenk auf. Die Ähnlichkeit mit einem Hund war sofort verflogen. Ein wildes Tier starrte Hanna aus stechenden, gelben Augen an.

»Ich bin gekommen, um dir zu helfen.«

Hanna merkte, wie ihre Stimme zitterte. Flitz übersetzte, aber auch seine Piepslaute klangen ängstlich. Silberschatten sah zwischen Flitz und Hanna hin und her. Dabei fiel Hanna auf, dass er eine Vorderpfote nicht auf den Boden aufsetzte. Sie konnte getrocknetes Blut auf dem Fell erkennen. Er antwortete mit einem leisen, tiefen Knurren.

»Silberschatten sagt, Grauschwinge hat dich schon angekündigt«, erklärte Flitz.

Hanna nahm ihren Mut zusammen. »Ich weiß, du hast dich an der Pfote verletzt«, sagte sie. »Ich möchte helfen. Kann ich runterkommen und sie mir ansehen?« Nachdem Flitz Hannas Worte übersetzt hatte, senkte der Wolf den Kopf und gab wieder ein grollendes Knurren von sich. Hanna hörte, wie Flitz erleichtert seufzte.

»Er sagt, du brauchst dir keine Sorgen zu machen«, berichtete er Hanna. »Er hat schon von Hüterinnen und Hütern des Waldes gehört, aber du bist die Erste, die er trifft. Er sagt, du und dein kleiner ... ich meine, du und dein *überaus schlauer und hübscher Freund* seid nicht in Gefahr.«

Silberschatten saß still da und blickte zu Hanna auf. Er wollte wohl beweisen, dass er ihr nichts tun würde. Hanna ließ sich von ihrem Ast rutschen und landete weich neben dem Wolf. Im Sitzen war er beinahe so groß wie sie und er roch irgendwie fremd – nach Pinienharz, Erde und Moschus. Er sah sie einen Moment lang mit seinen klaren gelben Augen an, dann hob er die verletzte Pfote und hielt sie Hanna hin. Fast wie ein dressierter Hund.

Mit zitternden Fingern ergriff Hanna die Pranke mit den dicken, schwarzen Krallen. Doch dann drehte sie die Pfote um und sah, dass der Ballen geschwollen und blutig war.

Es hatte sich schon eine gelbe Kruste gebildet. Der Wolf zuckte ein wenig, zog seinen Vorderlauf aber nicht weg. Hannas Angst verschwand. Stattdessen war sie nun sehr besorgt. Diese Pfote tat bestimmt schrecklich weh!

»Kannst du ihm sagen, dass ich etwas Fell abschneiden muss?«, bat Hanna Flitz. Als das Wiesel übersetzte, zuckte Silberschatten wieder, aber dann senkte er zustimmend den Kopf. Hanna holte ihre Schere heraus und schnitt ein paar Haarbüschel neben der Wunde ab. Während sie das tat, knurrte

Silberschatten wieder leise. Bei dem Geräusch zog sich Hannas Magen zusammen und ihr Herz schlug schneller. Doch sie schaffte es, die Aufgabe auszuführen. Dann ließ sie die Wolfspfote vorsichtig los.

Die Fellbüschel legte sie zwischen zwei Seiten ihres Notizbuchs. Sie wollte gerade Flitz bitten Silberschatten auszurichten, dass sie am nächsten Tag wiederkommen würde. Da hörte sie plötzlich in der Ferne einen Hund bellen. Vor Angst bekam sie kaum Luft, denn ihr fiel wieder ein, wovor Mr Brown sie gewarnt hatte ...

»Flitz, sag Silberschatten, er muss sich verstecken!«, rief Hanna. Aber dann sah sie, wie der Wolf seine verletzte Pfote hielt, und dachte daran, wie geschwollen sie war. Sie schüttelte den Kopf. »Nein. Sag ihm, er soll uns begleiten.« Hanna konnte selbst kaum glauben, was sie da sagte. Aber sie wusste, wenn die Leute aus dem Ort Silberschatten fanden und er nicht weglaufen konnte, würde er vielleicht kämpfen. Und das wäre für alle furchtbar! »Ich kenne einen sicheren Platz, wo er heute Nacht bleiben kann, bis ich seine Wunde geheilt habe.«

Flitz starrte sie an, als hätte sie auf einmal zwei Köpfe.

»Los, sag es ihm«, drängte Hanna. »Sag ihm, dass Menschen mit Hunden im Wald nach ihm suchen. Sie haben Angst vor ihm und wollen ihn verjagen, aber wir müssen zuerst seine Pfote gesund machen. Bis dahin können wir ihn verstecken.«

Flitz sprach mit dem Wolf, der aufmerksam zuhörte. Dann knurrte er seine Antwort.

Flitz seufzte. »Ich persönlich bin ja nicht überzeugt von dieser tollen Idee ...«, sagte er. »Aber Silberschatten ist einverstanden. Er kommt mit.«

Hanna wanderte durch den Wald zurück. Silberschatten hinkte neben ihr her. Immer wieder sah sie zu ihm hinüber, betrachtete den großen, zottigen Kopf, das dichte, glänzende Fell und die bernsteinfarbenen Augen. Er würde ihr nichts tun, davon war sie überzeugt. Aber trotzdem liefen ihr Schauer über den Rücken. Silberschattens Zähne waren scharf und weiß. Sein Atem bildete dampfende Wolken, während er fast geräuschlos durch den Wald humpelte. Selbst auf drei Pfoten wirkte er noch majestätisch. Und Furcht einflößend. Hanna stellte sich vor, wie es wäre, einem Tier wie ihm allein im Wald zu begegnen. So wie es ihren Vorfahren vielleicht passiert war, als Beute ... *Kein Wunder, dass es so viele alte Geschichten über Wölfe gibt!*

Was würde Felix wohl sagen, wenn er sie jetzt sehen könnte? Silberschatten war zwar bedrohlich, aber auch ziemlich cool!

Die Sonne ging langsam unter. Als Hanna den Schuppen ihrer Großmutter erreichte, hatte sich der Himmel rosa und golden verfärbt. Ein eisiger Wind trieb ihr die Tränen in die Augen und machte ihre Finger

taub vor Kälte. Wie Silberschatten so vor der kleinen Holzhütte stand und der Wind sein silbriges Fell aufplusterte, wirkte er noch größer und wilder als zuvor.

»Bist du dir wirklich sicher, dass das eine gute Idee ist?«, murmelte Flitz in Hannas Kapuze.

»Nur so können wir ihn schützen.« Hanna flüsterte die magischen Worte, um die Tür zu öffnen, und trat ein. Als Silberschatten hinter ihr hereingetapst kam, schien der Schuppen zu schrumpfen.

Hanna sah sich um. Sie wünschte, sie hätte einen richtigen Liegeplatz für ihn. »Ich könnte eine Decke holen«, sagte sie. Flitz übersetzte, aber Silberschatten schnaubte bloß.

»Er sagt, so was braucht er nicht – er ist es gewöhnt, es sich bequem zu machen.«

»Natürlich«, meinte Hanna. »Richte ihm aus, dass ich morgen früh mit etwas Futter zurückkomme.« Es wäre viel besser, seine Pfote sofort zu heilen, damit er wieder hinaus in den Wald gehen konnte. Aber Hanna war den ganzen Tag unterwegs gewesen und es war fast dunkel. Sie musste nach Hause.

Silberschatten kroch unter Hildas Tisch und legte seine große Schnauze auf die Pfoten.

Hanna schloss die Tür hinter sich. Von draußen warf sie noch einen besorgten Blick durchs Fenster.

Puh! Sie sah nichts außer dem üblichen Gerümpel und den Spinnweben.

Flitz schüttelte den Kopf und murmelte etwas vor sich hin.

»Was ist los?«, wollte Hanna wissen.

»Du könntest genauso gut ein Schild aufstellen: Hier schläft ein großer böser Wolf!«, sagte er.

»Wie meinst du das?«, fragte Hanna. »Der Zauber vom Schuppen macht ihn doch unsichtbar.«

»Für deine Augen vielleicht. Aber nicht für Hundenasen. Hier stinkt es überall nach Wolf! Die Hunde werden die Jäger direkt hierherführen.«

Hanna war verzweifelt. »Daran hatte ich gar nicht gedacht!«

Flitz streckte seine weiße Brust heraus. »Zum Glück hast du ja einen außerordentlich schlauen Helfer. Und weil ich so schlau bin – und noch dazu mutig und tapfer, mit einem Wolf als Nachbarn –, habe ich auch schon eine Lösung. Bitte schön!« Flitz zog schwungvoll ein kleines Glasfläschchen hinter dem Rücken hervor.

»Du kannst Minze und den zerstoßenen Weinberglauch verwenden, mit dem du die Igelhöhle geschützt hast. Das wirkt sicher genauso gut auf Wolfsspuren!«

»Danke!« Hanna drückte das kleine Wiesel an sich. »Ich weiß nicht, was ich ohne dich machen würde. Und auch wenn du sehr

mutig und tapfer bist, wollte ich dich fragen, ob du nicht lieber bei mir im Zimmer schlafen möchtest. Nur heute Nacht?«

»Na ja, jetzt wo du es erwähnst ... das wäre vielleicht eine nette Abwechslung«, antwortete Flitz.

Sobald sie die Minze und den Weinberglauch um den Schuppen verteilt hatten, lief Hanna schnell nach Hause. Oben in ihrem Zimmer rollte sich Flitz am Fußende ihres Bettes zusammen. Hanna nahm das Notizbuch aus der Tasche und sah sich den Heilungszauber noch einmal an.

Nur noch zwei weitere magische Zutaten, dachte sie. *Das kann ja wohl nicht allzu schwer sein ...*

Am nächsten Morgen holte Hanna die Reste eines Brathähnchens aus dem Kühlschrank. Sie fand auch die Dose Hundefutter wieder, die sie von ihrem Taschengeld gekauft hatte. Eigentlich wollte sie es im Frühling an hungrige Igel verfüttern. Aber es taugte sicher auch für einen Wolf im Winter!

Mit Flitz in der Kapuze trat sie hinaus in die Wintersonne.

Am anderen Ende des Gartens verschwand ihre Zuversicht. Sie hörte nämlich ganz in der Nähe Stimmen und Hundegebell. Als sie durchs Tor trat, sah Hanna eine Gruppe Männer aus Walder vorbeigehen. Sie trugen Kleidung in Tarnfarben und Gewehre über der Schulter. Die Hunde liefen mit gespitzten Ohren aufgeregt hinterher.

Einer der Hunde, ein schöner brauner Spaniel, sprang auf Hanna zu. Er schnüffelte an ihrer Tasche herum, deshalb schob sie ihn sanft beiseite. Wild wedelte er mit dem Schwanz.

»Max, aus!«, befahl einer der Männer in scharfem Ton. Der Spaniel gehorchte sofort und lief zu seinem Herrchen. Hanna wurde rot. Sie hatte das Gefühl, bei ihrem Hähnchen-Diebstahl ertappt worden zu sein!

»Muss an meinen belegten Broten liegen«, rief Hanna dem Mann zu. »Suchen Sie nach dem Wolf?«

»Ja, genau«, antwortete der Besitzer von Max.

»Hoffentlich ist er bereits über alle Berge. Aber wir müssen dafür sorgen, dass der Wald ein sicherer Ort ist, für junge Menschen wie dich.«

Mr Brown tauchte aus seinem Haus auf und humpelte, so schnell er konnte, durch den Garten. Er drohte den Männern mit seiner Krücke.

»Haltet bloß diese Köter im Zaum!«, rief er.

Max' Herrchen neigte respektvoll den Kopf. »Keine Sorge, Karl, wir wollen keinen Ärger. Wir wollen nur, dass unser Ort sicher ist.«

»Sag nicht, ich hätte euch nicht gewarnt!«, bellte Mr Brown und drehte sich weg.

»Viel Glück«, wünschte Hanna den Männern. Sie lächelte still, denn sie wusste genau: Den Wolf würden sie ganz bestimmt nicht finden.

Als Hanna den Schuppen erreichte, klopfte sie erst leise an. Dann sprach sie die Zauberworte. Silberschatten war bereits wach. Er begrüßte sie mit einem hungrigen Winseln.

»Er sagt, er riecht etwas Köstliches«, erklärte Flitz.

Hanna holte das Hähnchen aus der Tasche und wickelte es für den Wolf aus. Nachdem sie es mit dem Hundefutter zusammen in eine Schüssel getan hatte, trat der Wolf vor und verschlang alles mit zwei schnellen, hungrigen Bissen. Dann sah er sie erwartungsvoll an. Hanna füllte eine Schale mit Wasser aus ihrer Flasche.

Auch die leerte Silberschatten in Sekundenschnelle. »Es tut mir leid, dass ich nicht mehr Futter habe«, erklärte Hanna. »Aber ich werde tun, was ich kann, um deine Pfote bis heute Abend zu heilen.« Sobald Flitz für sie übersetzt hatte, ließ Silberschatten den Schwanz hängen. Er legte sich wieder hin und schloss die Augen.

Schnell verglich Hanna die Liste der Zutaten für den Salbenverband mit dem Inhalt der Flaschen und Gläser. Sie hatte jede Menge Minze und Thymian da und genug Rosmarin für mindestens eine Portion. Es fehlten also nur die Samen einer Silbertanne und ein Eiszapfen.

Die Sonne schien hell, als Hanna dem Bach durch den Wald folgte. Obwohl das steinige Ufer schneebedeckt war, plätscherte das Wasser immer noch fröhlich dahin. Ein feiner Nebel stieg von der Oberfläche auf, durchbrochen von goldenen Sonnenstrahlen.

Hanna lauschte, ob sie die Jagdgesellschaft hören konnte. Doch die musste eine andere Richtung eingeschlagen haben, denn sie begegnete niemandem. Nach einer Weile erreichte sie eine Gruppe hoher, schlanker Tannen mit gezackter, silbriger Rinde. *Vielen Dank, Mr Brown!*, dachte sie.

»Sieh mal!« Flitz zeigte auf den Boden. Hanna sah die Spitze eines Zapfens aus dem Schnee ragen.

»Perfekt!«, rief sie. Sie sammelte den Tannenzapfen ein und noch ein paar weitere, die sie unterm Schnee vergraben fand. Schließlich hatte sie eine ganze Tüte voll.

»Jetzt brauche ich nur noch einen Eiszapfen«, murmelte sie. Doch als sie die Worte aussprach, begriff Hanna, dass sie einen Fehler gemacht hatte. Im Wald war es sonnig und warm. Der Schnee auf den Bäumen schmolz, Wasser tropfte von den Ästen. Alle Eiszapfen, die sich über Nacht gebildet hatten, waren verschwunden. *Ich hätte zuerst den Eiszapfen suchen sollen!* Hanna war jedoch nicht bereit aufzugeben. Zusammen mit Flitz suchte sie den ganzen restlichen Vormittag über an schattigen Plätzen nach Eiszapfen. Sie sah sogar unter den Dachbalken ihres

Hauses nach. Schließlich begriff Hanna, dass es hoffnungslos war. Sie hatte kein Glück. Außerdem hatte sie versprochen, am Nachmittag mit Felix zusammen Mr Browns Haus zu schmücken.

Sie schickte Flitz zu Silberschatten, um ihm auszurichten, dass er leider noch etwas länger warten musste. Hanna aß schnell zu Mittag, dann lief sie hinüber zu Mr Brown.

Der alte Mann begrüßte sie beinahe mit einem Lächeln. »Wie geht's?«, fragte er und schob sie in die Küche. Hanna fragte sich, ob seine gute Laune wohl daher kam, dass er morgens die Männer angebrüllt hatte.

»Gut, vielen Dank«, antwortete Hanna. Insgeheim machte sie sich aber immer noch große Sorgen um den Wolf. Felix war bereits in der Küche. Er hängte kleine Kugeln und schlanke Eiszapfen aus Glas an Mr Browns Zimmerpflanzen.

»Zum Glück bist du da«, sagte er, als Hanna hereinkam. Er deutete auf einen riesigen Karton mit Weihnachtsschmuck. »Wir müssen ungefähr eine Milliarde Pflanzen schmücken. Das wird ewig dauern!«

Es war wirklich eine große Aufgabe. Aber mit Weihnachtsmusik aus dem Radio und heißem Tee

zur Stärkung hatten Hanna und Felix viel Spaß dabei, Mr Browns Pflanzen wie kleine Weihnachtsbäume zu dekorieren. Hanna hängte einen zerbrechlichen Glas-Eiszapfen an eine stachelige Rose. Sie wünschte, er wäre echt, denn dann könnte sie die Medizin für Silberschatten anrühren.

»Ich war vorhin auf der Suche nach Eiszapfen«, erzählte sie Felix. »Aber im Wald gab es keine. In der Stadt habe ich nie welche gesehen, weil es immer zu warm war. Aber hier findet man sie bestimmt überall, oder?«

»Na klar!«, sagte Felix. »Vielleicht warst du einfach zu spät dran. Bei uns zu Hause hängen sie morgens immer am Dachvorsprung. Die Hitze vom Haus lässt den Schnee schmelzen und das Wasser friert dann zu Eiszapfen.«

»Klingt, als müsstest du früh raus, wenn du welche finden willst«, meinte Mr Brown. Dabei warf er Hanna einen vielsagenden Blick zu.

Hanna nahm sich vor, ihren Wecker zu stellen und ganz früh aufzustehen. Der nächste Tag war Heiligabend!

Dann muss ich heute aber bald ins Bett!

10

Hanna setzte sich verschlafen auf und schaltete schnell den Wecker aus, der neben ihrem Bett klingelte. Fünf Uhr morgens. Es war noch dunkel draußen und sie wollte nicht, dass ihre Eltern aufwachten. Hanna schlüpfte in ihren Morgenmantel und ging zur Kommode hinüber. Flitz hatte sich zwischen ihren Socken zusammengerollt.

»Zeit zum Aufstehen!«, flüsterte Hanna. Flitz blinzelte, dann gähnte er ausgiebig und zeigte dabei seine rosafarbene Zunge. Während sich

Hanna anzog, gähnte er immer wieder und streckte sich.

Sobald Hanna fertig war, schlich sie nach unten. Durchs Fenster im Flur konnte sie riesige Schneeflocken sehen, die vom sternenlosen Himmel herabtrudelten. Sonst war alles schwarz. Ein Blick nach oben zeigte keine Eiszapfen unterm Dachvorsprung ... aber es konnte ja anderswo welche geben.

»Wir suchen erst mal unser Haus ab«, flüsterte Hanna. »Dann gehen wir zu Mr Brown hinüber. Hoffentlich haben wir bis dahin einen gefunden. Sonst müssen wir bei Hildas Schuppen nachsehen.«

»Klingt nach einer richtigen Wanderung. Und das vor dem Frühstück!«, stellte Flitz fest. »Aber wenigstens brauchen wir draußen im Dunkeln keine Angst zu haben. Das gefährlichste Wesen des Waldes schnarcht in unserem Schuppen vor sich hin!«

Hanna kicherte. »Da hast du vermutlich recht.« Sie knöpfte ihre Jacke zu, wickelte sich den Schal um den Hals und fröstelte. Es war so kalt, dass sie ihren Atem sogar im Haus sehen konnte.

Hanna öffnete die Haustür und wäre beinahe über eine rot-grün gestreifte Schachtel gestolpert. Sie stutzte. Diese Schachtel hatte noch nicht hier gelegen, als sie am Abend zuvor Silberschatten gefüttert hatte.

Hanna hob die Schachtel vorsichtig hoch. Sie war sehr leicht. Da war ein kleiner Anhänger mit ihrem Namen darauf. Auf der Rückseite stand in Krakelschrift noch etwas geschrieben.

Für Hanna
Danke, dass Du Silberschatten in Sicherheit gebracht hast. Vielleicht habe ich zu schnell geurteilt. Hilda wäre sehr stolz auf Dich gewesen.
Frohe Weihnachten
Karl Brown

Hannas Augen wurden feucht und sie bekam beim Lesen einen Kloß im Hals.

»Was ist denn drin?«, wollte Flitz ungeduldig wissen. Mit zitternden Fingern öffnete Hanna die Schachtel. Sie war gefüllt mit blauen Kühlkissen, die man bei Verletzungen oder Verbrennungen verwendete. Dazwischen lag ein einziger, vollkommener Eiszapfen. Hanna und Flitz sahen sich überrascht an. Obwohl Hannas Hände bereits kalt waren und sich die Schneeflocken auf ihrer Jacke sammelten, glühte ihr Herz vor Wärme.

»Ich muss mir später etwas ausdenken, um mich bei Mr Brown zu bedanken«, sagte sie. »Aber jetzt wartet erst mal ein Wolf auf uns!«

Sie schaltete ihre Taschenlampe an und machte sich auf den Weg durch den dunklen, verschneiten Wald. Es war beißend kalt und sie war froh, als sie den Schuppen erreichte. Drinnen hob Silberschatten den Kopf und spitzte hoffnungsvoll die Ohren. Er versuchte aufzustehen, doch als er die verletzte Pfote aufsetzte, stieß er ein Wimmern aus. Mit großer Sorge sah Hanna, dass die Pfote noch dicker geschwollen war.

»Wie es aussieht, haben wir den Eiszapfen gerade rechtzeitig bekommen!«, sagte Hanna. »Kannst du Silberschatten ausrichten, dass wir seine Wunde gleich heilen können?«

Nachdem Flitz Hannas Nachricht überbracht hatte, beobachtete der Wolf aufmerksam, wie Hanna die Medizin zubereitete.

Sie hatte das ledergebundene Buch auf der richtigen Seite aufgeschlagen und folgte den alten magischen Anweisungen ganz genau. Zuerst schüttelte sie einige Samen aus den Silbertannenzapfen in den Mörser und zerdrückte sie zu einer holzigen Paste, die nach Badeschaum oder Hustensaft duftete.

Als Nächstes fügte sie Minze, Thymian und Rosmarin hinzu. Die grüne Mischung roch so intensiv, dass Hannas Augen tränten. Dann kam der Moment für die nächste magische Zutat: reines Wasser von einem Eiszapfen. Vorsichtig nahm Hanna den glänzenden, schlanken Stab aus der Schachtel und hielt ihn über den Mörser. Sie wartete, bis die warme Luft im Schuppen einige kostbare Tropfen aufgetaut hatte.

»Ähm ... wenn man für die Medizin Wasser braucht, warum mussten wir dann einen Eiszapfen finden?«, fragte Flitz.

»Psst!«, machte Hanna. »Das ist Magie!« Sie wartete, bis genug Wasser von ihrem Eiszapfen auf die Kräuter getropft war, um eine dicke Paste anzurühren. Als Letztes gab sie das abgeschnittene Fell von Silberschattens Pfote dazu und rührte es unter. Kurz darauf fing die Salbe an zu schimmern.

»Sie ist fertig!«, flüsterte Flitz.

Hanna kniete sich neben Silberschatten. Er hechelte vor Schmerzen. Seine gelben Augen wirkten trüb, als hätte er Fieber.

Ich hoffe so sehr, dass es funktioniert!, dachte Hanna. Vorsichtig nahm sie Silberschattens Pfote und tupfte die Salbe auf die Wunde. Der Wolf zuckte und sein ganzer Körper verkrampfte sich. Doch dann entspannte er sich plötzlich. Er hörte auf zu hecheln und atmete gleichmäßiger. Silberschatten schnüffelte an der Paste auf seiner Pfote und musste niesen. Hanna konnte sehen, wie die

Schwellung bereits zurückging. Bald sah die Pfote genauso aus wie die anderen drei, nur dass sie mit grünem Zeug beschmiert war. Das leckte Silberschatten kurzerhand ab. Dann streckte er sich vor wie ein großer, zufriedener Hund, schnupperte an Hannas Hand und leckte sie ebenfalls ab.

»Das heißt ›danke schön‹ auf Wölfisch«, erklärte Flitz.

Hanna grinste. »Den Eindruck hatte ich auch«, sagte sie. »Sieht aus, als wäre er bereit zu gehen.«

Flitz übersetzte: »Er sagt, er wird sich jetzt wieder seinem Rudel anschließen. Tief im Wald – weit weg von den Menschen.«

Hanna lächelte. »Das ist eine sehr gute Idee!« Sie stand auf, um dem Wolf Platz zu machen, und öffnete die Schuppentür. Das erste schwache Licht der Dämmerung kroch gerade über den Himmel.

Silberschatten erhob sich etwas steif, dann wedelte er mit dem Schwanz und sprang hinaus in den Schnee. Dort blieb er stehen und drehte sich noch einmal zu Hanna und Flitz um. Dabei senkte er den Kopf, wie um sich zu verabschieden. Danach lief er in großen Sprüngen davon. Bald war er zwischen den Bäumen verschwunden. Hanna stand einen Moment lang lächelnd da. Ringsherum schneite es. Sie machte sich auf den Heimweg. Heute war Heiligabend und sie musste noch viel erledigen!

11

In der warmen Küche merkte Hanna, dass sie nach dem frühen Aufstehen doch ein bisschen müde war. Aber sie hatte einen so herrlichen Tag vor sich, da konnte sie auf keinen Fall wieder ins Bett gehen. Stattdessen stellte sie ein großes Tablett auf die Arbeitsplatte und häufte all die Leckereien darauf, die sie für ihre Waldweihnacht gesammelt und gekauft hatte. Es gab Äpfel, Nüsse, Beeren, Samen, Körner, Brotkrumen, Rindertalg und natürlich etwas klein geschnittenen Speck für Streif.

»Na, da sollten die Vögel aber eine Weile zu essen haben!«, stellte Hannas Mutter fest, die inzwischen auch aufgestanden war.

»Und die anderen Tiere!«, fügte Hannas Vater hinzu. »Deine Großmama Hilda hat an Weihnachten auch immer ein Festmahl für die Tiere im Wald vorbereitet. Du setzt also eine Familientradition fort.«

Hanna grinste. *Wenn Dad wüsste, wie sehr ich in Hildas Fußstapfen trete!*

Flitz erwartete Hanna schon am Schuppen. Und viele ihrer anderen Tierfreunde. Sie zwitscherten und piepten aufgeregt, als Hanna das schwere Tablett abstellte.

Blaufeder, das Eichelhäherweibchen, dessen gebrochenen Flügel Hanna geheilt hatte, war zusammen mit vielen anderen Vögeln gekommen. Außerdem Raschel, der Maulwurf, der neben Flitz unter der großen Eiche wohnte. Löwenzahn und die

wilden Kaninchen waren da, außerdem Schneeglöckchen, Flecki und Mümmel, die Kaninchen aus dem Streichelzoo, die sich jetzt den Bau mit den anderen teilten. Sogar die beiden Dachse, Streif und Farn, hatten sich ins Winterwetter hinausgewagt.

Hanna freute sich sehr zu sehen, dass es allen gut ging. Und noch mehr freute sie sich, als die Tiere sich die mitgebrachten Leckerbissen schmecken ließen.

»Kannst du allen von mir fröhliche Weihnachten wünschen?«, fragte Hanna Flitz. Die Tiere antworteten in einem Chor aus Grunzen und Zwitschern.

»Sie wünschen dir auch schöne Weihnachten!«, übersetzte Flitz munter.

Anschließend lief Hanna schnell nach Hause, um ihr Geschenk für Mr Brown fertig zu machen. Sie wickelte es sorgfältig in schönes Papier ein und band eine Schleife darum. Dann musste sie auch schon wieder los.

»Bist du so weit?«, rief ihr Dad von unten. Zusammen mit ihren Eltern machte Hanna sich auf den Weg zum Weihnachtsmarkt.

Entlang der Hauptstraße von Walder waren Holzbuden aufgebaut. Die ganze Stadt schien versammelt zu sein. Weihnachtsmusik und köstlicher Duft erfüllten die Luft und an den Häusern funkelten Lichterketten. Felix rannte auf Hanna zu. Vor Begeisterung und Kälte hatte er ganz rote Wangen.

»Können wir uns die Stände ansehen?«, bat Hanna ihre Eltern. Seit Wochen schon sparte sie ihr Taschengeld. Sie vereinbarten sich später zu Hause wieder zu treffen. Dann zogen Hanna und Felix los.

Zuerst schauten sie bei Katies Eltern vorbei. Katie half mit und freute sich, ihre Schulfreunde zu sehen. »Es ist so viel los, dass wir bestimmt bald ausverkauft sind!«, berichtete sie Hanna.

Auch Felix' Eltern waren da. Sie besaßen eine Schreinerei und verkauften an ihrem Stand Weihnachtsschmuck aus Holz.

Hanna entdeckte einen kleinen geschnitzten Wolf.

»Der wäre perfekt für unseren Baum«, erklärte sie Felix' Mutter Sabrina.

»Das Heulen des Wolfes neulich nachts hat mich dazu inspiriert«, antwortete Sabrina. »Das war so ein wilder, magischer Laut.« Hanna bezahlte den Anhänger und schob ihn in die Tasche. *Der wird mich immer an Silberschatten erinnern!*

Gemeinsam mit Felix besuchte sie alle Stände und überall wurden sie von bunten Lichtern und leckeren Düften empfangen. Es gab einen Brotverkauf, einen Stand mit Badezubehör und handgemachter

Seife. Außerdem weihnachtliche Kränze, Duftkerzen, Weihnachtssterne und eine Bude, an der heiße Schokolade, Kaffee und Glühwein verkauft wurden.

»Auf dem Weihnachtsmarkt war noch nie so viel los wie dieses Jahr«, sagte Felix.

Hanna gab gerade ihr letztes Taschengeld für eine Duftkerze für ihre Mutter aus, da hörte sie Katie rufen.

»Ein paar aus unserer Klasse gehen zum Schlittschuhlaufen auf den See. Wollt ihr mitkommen?«, fragte Katie.

»Total gerne«, antwortete Hanna. »Aber ich habe keine Schlittschuhe.«

»Und meine sind zu Hause«, fügte Felix hinzu.

»Keine Sorge, wir können uns ja abwechseln«, sagte Katie.

Hanna hörte fröhliche Rufe, lange bevor sie den See erreichten. Er war komplett zugefroren. Sarah und Amira aus der Schule sausten bereits auf Schlittschuhen umher. Ihre Augen funkelten und ihre Wangen glühten vor Kälte. Auch Ethan war da. Er baute mit seinem älteren Bruder einen riesigen Schneemann. Ein paar kleinere Kinder zogen sich abwechselnd auf dem Schlitten.

Hanna war bisher nur ein paarmal auf einer Eisbahn gewesen. Hier draußen, umgeben von ihren Freundinnen und Freunden, machte es noch viel mehr Spaß. Und obwohl sie oft hinfiel, war sie bald ganz verschwitzt und atemlos vor Lachen. Als sie sich zum hundertsten Mal aufrappelte, entdeckte sie etwas. Fast wäre sie gleich wieder ausgerutscht. Flitz hatte sich aufs Eis gestürzt! Er machte einen Purzelbaum und schlitterte auf dem Bauch vorwärts wie ein Bobfahrer bei den Olympischen Spielen!

Schließlich beschlossen sie und Felix nach

Hause zu gehen. Sie würden sich jedoch bald wiedersehen. Am Spätnachmittag waren sie nämlich beide mit ihren Eltern bei Mr Brown eingeladen.

Als Hanna mit ihren Eltern dort ankam, öffnete Felix ihnen die Tür. Mr Brown war ausnahmsweise mal gut gelaunt und in ausgelassener Stimmung. Sie sangen gemeinsam Weihnachtslieder und Hanna stellte erstaunt fest, dass Mr Brown eine wirklich schöne Stimme hatte: tief und voll.

Anschließend kochte er für alle Tee. Hanna nutzte die Chance, zu ihm in die Küche zu gehen, um ihm sein Geschenk zu überreichen. Er nahm es etwas unbeholfen entgegen und wickelte es vorsichtig aus. Als er sah, was es war, strahlte er. Hanna hatte einen großen Tannenzapfen so bemalt, dass er aussah wie Grauschwinge. Mit runden, hellen Augen und schiefem Schnabel.

»Vielen Dank, Hanna«, sagte er.

»Ich möchte mich auch für Ihr Weihnachtsgeschenk bedanken«, antwortete Hanna. Sie dachte wieder an den glänzenden Eiszapfen und an alles, was er ermöglicht hatte. Mr Brown räusperte sich und senkte den Kopf.

»Schon in Ordnung«, nuschelte er. »Hab nur meine Pflicht getan.« Hanna musste lächeln. Sie merkte ganz deutlich, dass er sich freute, auch wenn er es nicht richtig zeigen konnte. Sie dachte an Silberschatten und ging für einen Augenblick nach draußen an die frische Luft.

Flitz wartete schon in Mr Browns Apfelbaum. Er kam herbeigesprungen, um sie zu begrüßen. »Hör mal!«, befahl er und hopste aufgeregt auf der Stelle. Hanna gehorchte. Sie konnte sich das Lächeln nicht verkneifen. Da hallte ein hohes, freudiges Heulen durch die Nacht. *Silberschatten!* Er klang weit entfernt.

»Das ist ein glückliches Heulen!«, erklärte Flitz. »Silberschatten geht es gut!«

Hanna hörte die Tür hinter sich knarren. »Versteck dich!«, zischte sie Flitz zu.

»Nicht nötig!«, brummte eine tiefe Stimme. Hanna sah Mr Brown auf sich zukommen ... mit Felix an seiner Seite!

»Flitz kann bleiben, wo er ist«, sagte Mr Brown. »Ich habe beschlossen, dass es nun an der Zeit ist. Nach Weihnachten musst du mir helfen Felix alles beizubringen.«

Felix sah Hanna verwirrt an. »Was meinst du damit, alles beibringen – Hanna, sag mal, ist das da ein Wiesel?«

Mr Brown stieß einen leisen Pfiff aus. Einen Augenblick später kam Grauschwinge aus den Bäumen herabgesegelt und landete auf seiner Schulter. Erschrocken stolperte Felix einen Schritt zurück. Die Überraschung stand ihm ins Gesicht geschrieben, als Grauschwinge ihren Ruf ertönen ließ. Sein fragender Blick wanderte zwischen der Eule, Hanna und seinem Großvater hin und her.

»Hanna ... bitte sag mir, dass du diese Eule gerade auch sprechen gehört hast!«, sagte Felix.

»Um ehrlich zu sein, nein«, meinte Hanna. »Nur du und Mr Brown könnt sie verstehen. Aber ich habe meinen eigenen besonderen Freund.« Flitz, der sich hinter Hanna versteckt hatte, kletterte auf ihre Schulter und winkte.

Felix blinzelte und schüttelte den Kopf, als würde er aus einem Traum aufwachen wollen. Auch Hanna kam sich vor wie in einem Traum. Dem tollsten Traum überhaupt. Ein Traum, in dem sie ihr Geheimnis endlich mit ihrem besten Freund teilen konnte!

»Bevor Hilda gestorben ist, war sie eine Hüterin des Waldes«, erklärte Hanna Felix. »Sie hat sich um die Lebewesen des Waldes gekümmert und ihnen mit Magie geholfen. Diese Aufgabe hat sie an mich weitergeben. Flitz übersetzt, was die Tiere sagen, damit ich mit ihnen sprechen kann.« Hanna streichelte das Wiesel. »Grauschwinge tut dasselbe für Mr Brown.«

Mit offenem Mund versuchte Felix das alles zu begreifen. »Dann … dann bist du auch so ein Hüter des Waldes?«, fragte er seinen Großvater.

»So ist es«, antwortete der. »Und ich werde dir alles beibringen, was du wissen musst, damit du mein Nachfolger werden kannst.«

»Ich werde dabei helfen«, versprach Hanna. »Wir werden ein tolles Team sein! Na, was sagst du?«

Felix wirkte immer noch total verdattert. »Heißt das … ich darf mehr Zeit mit den Menschen verbringen, die ich am meisten mag, an meinem Lieblingsort – dem Wald –, und helfe dabei auch noch wilden Tieren? Mit *Magie?*«

Hanna nickte.

»So könnte man es sagen«, stimmte Mr Brown zu. »Aber es bedeutet auch eine große Verantwortung!«

Felix grinste. »Das klingt absolut fantastisch!«

»Das ist es!« Hanna wäre vor Freude am liebsten auf und ab gehüpft. Sie war noch nie

so glücklich und so aufgeregt gewesen. Das hier war das allerschönste Weihnachtsfest. Bald würde Felix auch ein Hüter des Waldes sein. Dann konnten sie die Aufgabe gemeinsam meistern.

Ich kann es kaum erwarten!

WO GEHT'S HIER ZUR KRIPPE?

Ulrich Hub
DAS LETZTE SCHAF
Hardcover
80 Seiten
ISBN 978-3-551-55384-3
Auch als E-Book erhältlich

WAS IST DAS NUR FÜR EIN HELLES LICHT, das die Schafe inmitten einer Winternacht aus dem Schlaf reißt? Und wo sind eigentlich ihre Hirten geblieben? Wurden sie vielleicht von einem Ufo entführt? Oder hat das Ganze etwa mit diesem Mädchen zu tun, das in einem nahegelegenen Stall geboren worden sein soll? Um sich selbst ein Bild von der Lage zu machen, begeben sich die Schafe auf eine abenteuerliche Nachtwanderung. Doch schon bald haben sie das erste Schaf verloren ...

WWW.CARLSEN.DE

CARLSEN

Außerdem von Mona Larch im Carlsen Verlag lieferbar:
Hüterin des Waldes, Band 1: Hannas Geheimnis
Hüterin des Waldes, Band 2: Häschen in Not
Hüterin des Waldes, Band 3: Theater mit Familie Igel
Hüterin des Waldes, Band 5: Rettung im Doppelpack

AUCH ALS HÖRBUCH BEI SILBERFISCH

Unser Versprechen für mehr Nachhaltigkeit
- Klimaneutrales Produkt
- Papiere aus nachhaltiger Waldwirtschaft
- Hergestellt in Deutschland

FSC www.fsc.org MIX Papier | Fördert gute Waldnutzung FSC® C014496

Carlsen-Newsletter: Tolle Lesetipps kostenlos per E-Mail!
Unsere Bücher gibt es überall im Buchhandel
und auf carlsen.de.

Völckersstraße 14–20, 22765 Hamburg

With special thanks to Tabitha Jones.
Aus dem Englischen von Julia Walther
Umschlag- und Innenillustrationen: Julia Walther
Lektorat: Rebecca Jaacks
Umschlaggestaltung: formlabor
Herstellung: Derya Yildirim
Lithografie: Margit Dittes, Hamburg
Satz: Pinkuin Satz und Datentechnik, Berlin
ISBN: 978-3-551-55794-0